AF314211

ESTAMPES JAPONAISES

— SURIMONO —

LIVRES ILLUSTRÉS

Fragments d'Étoffes Japonaises

OUVRAGES D'ART

Dont la Vente aura lieu à l'HOTEL DROUOT, Salle N° 8
Les Lundi 16 et Mardi 17 Mars, à 2 heures

Mᵉ A. DESVOUGES	M. ANDRÉ PORTIER
Commissaire-Priseur	*Expert près le Tribunal civil*
Rue de la Grange-Batelière	24, rue Chauchat

Chez lesquels se distribue le présent catalogue.

EXPOSITION PUBLIQUE
le Dimanche 15 Mars, HOTEL DROUOT, Salle N° 8, de 2 h. à 6 h.

EXPOSITION PARTICULIERE
chez M. ANDRÉ PORTIER, 24, rue Chauchat
Les Mercredi 11, Jeudi 12 et Vendredi 13 Mars 1914, de 9 h. à 6 h.

CONDITIONS DE LA VENTE

La vente sera faite expressément au comptant.
Les acquéreurs paieront 10 % en sus des enchères.

L'expert assistant aux expositions se met à la disposition de MM. les Amateurs qui voudraient lui confier leurs ordres d'achat.

ORDRE DES VACATIONS

Lundi **16 mars**, Nᵒˢ 1 à 199
Mardi **17 Mars**, Nᵒˢ 200 à la fin.

FORMATS

Kakemonoye - Très grand format en hauteur.
Hashirakake. — Grand format en hauteur, très étroit.
Hosoye. — Petit format étroit.
Oban Yokoye. — Format usuel en largeur.
Oban Tateye. — Format usuel en hauteur.

Chuban. — Petit format en hauteur.
Koban. — Très petit format en hauteur.
Koban Yokoye. — Très petit format en largeur.
Shikishi. - Format carré.
Tanzakuye. — Bande étroite avec poème.
Uchiwaye. — Estampe en éventail.

La mention « A. D. pl. 27, nᵘ 86 », par exemple, signifie qu'une estampe similaire à celle présentée est reproduite dans les catalogues des Arts Décoratifs aux planches et numéros sus-mentionnés.

ESTAMPES JAPONAISES

TORII KIYONOBU (1664-1729)

1. — Format Hosoye. Tanye. Estampe primitive colorée à la main, le ton orange dominant.

Couple se promenant représenté par les acteurs Sanjo Kantaro et Schimura Takenojo.

> Signée : *Torii Kiyonobu, fude.* Éditeur : *Sagamiya.* Cachet de collection : *Hayashi.* Très belle épreuve en bon état.

2. — Format Hosoye. Urushiye. Estampe colorée à la main et rehaussée de laque noire et de poudres métalliques.

Les deux acteurs Hagino Isaburo et Narumi Goroshiro en guerriers combattant, l'un d'eux à cheval: un troisième personnage s'efforçant de renverser le cheval.

> Signée : *Torii Kiyonobu, fude.* Éditeur : *Nakajimaya.* Très belle épreuve en bon état.

3. — Format Horoye. Beniye.

Scène de théâtre jouée par les acteurs Schimura Uzayemon et Otani Hirogi.

> Signée : *Torii Kiyonobu, fude.* Bonne épreuve frottée.

TORII KIYOMASU (1679-1763)

4. — Format Hosoye. Tanye.

Scène de théâtre représentant un couple assis sous un érable, faisant bouillir le contenu d'une petite marmite.

Interprétée par les acteurs Onoye Kikugoro et Bando Hikosaburo, dans les rôles de Hayazaki et de Bingo Saburo.

> Signée : *Toriishi Kiyomasu.* Éditeur : *Urokogataya.* Très bonne épreuve bien conservée.

5. — Format Hosoye. Beniye.
Scène de théâtre jouée par Ichikawa Kamematsu, dans un rôle d'homme, et Sanokawa Ichimatsu, dans un rôle de femme.

> Signée : *Torii Kiyomasu.* Éditeur : *Marukichi.* Cachet de collection : *Wakai.* Très belle épreuve en bon état.

6. — Format Hosoye. Tanye de la série Sanbukutsui (feuille du centre).
Kamuro rattachant la géta (socque) d'une oiran.

> Signée : *Torii Kiyomasu, fude.* Éditeurs : *Hiranoya.* Très belle épreuve en excellent état.

7. — Format Hosoye. Uruskiye.
Les deux acteurs Ichikawa Danjuro et Matsumoto Koshiro luttant.

> Signée : *Torii Kiyomasu, fude.* Éditeur : *Nakajimaya.* Très belle épreuve.

YAMAMOTO YOSHINOBU (travaille vers 1770)

8. — Format Hosoye. Beniye à tons verts et roses.
Scène de théâtre représentant les frères Soga, jouée par Nakamura Hichi-saburo et Ichimura Kamezo.

> Signée : *Yamamoto Yoshinobu, kaku.* Cachets des collections : *Hayashi* et *Wakai.* Très belle épreuve, trous de vers.

9. — Format Hosoye. Beniye à tons roses et verts du triptyque : Kake-mono Sanbukutsui.
La feuille de gauche représentant une Bijin accroupie regardant un kakemono décoré d'un acteur.

> Signée : *Yamamoto Yoshinobu, kaku.* Cachet de collection : *Hayashi.* Très belle épreuve en bon état.

10. — Format Hosoye. Beniye.
La pièce centrale du triptyque sus mentionné.

> Même signature et même cachet. Bonne épreuve en excellent état.

OKUMURA MANASOBU (1690-1768)

11. — Format Hosoye. Urushiye.
Deux jeunes filles se rendant au théâtre pour assister à la pièce intitulée « Aburaya Osome Utazaimon ».

> Signée : *Okumura Masanobu, fude.* Éditeur : *Okumura* (son propre éditeur). Très bonne épreuve.

12. — Format Oban Tateye.

Genji Ukifune. Le bateau du prince Genji.

> Signé : *Hogetsudo Tanchosai Okumura Bunkaku Masanobu, yegaku.* Épreuve très intéressante, brunie.

13. — Format Hosoye. Beniye.

Jeune femme se promenant, un parasol à la main : elle s'efforce de refermer son kimono, entr'ouvert sur les jambes.

> Signée : *Hogetsudo Okumura Bunkaku Masanobu, yegaku.* Cachet : *Tanchosai.* Bonne épreuve, brunie et frottée.

14. — Format Oban Yokoye. Tanye.

Scène à l'intérieur d'une habitation : de nombreuses jeunes femmes s'agitent, se promenant ou faisant de la musique.

> Non signée, mais attribuée à Masanobu. Bonne épreuve, brunie.

15. — Format Oban Yokoye. Tanye. Format pendant avec la précédente.

Un samuraï, dissimulé derrière une haie, joue de la flûte et charme de gracieuses jeunes femmes assises sous une verandah.

> Non signée, mais attribuée à Masanobu. Très bonne épreuve.

16. — Format Hosoye. Urushiye.

Oiran en promenade, un livre à la main.

> Non signée, mais attribuée à Masanobu. Bonne épreuve, déchirée à la partie inférieure.

NISHIMURA SHIGENOBU (vers 1740)

17. — Format Hosoye. Urushiye.

Danseuse et jeune garçon.

> Intitulée : *Odoriko, fu.* Signée : *Yeshi Nishimura Shigenobu, fude.* Éditeur : *Urokogataya.* Très bonne épreuve.

ISKIKAWA TOYONUBU (1711-1785)

18. — Format diptyque Hosoye. Beniye.

Deux guerriers à cheval, dans les flots, se défiant : ils sont représentés par les acteurs Tawaro Matataro et Sasakishiro.

Estampe intitulée : Ujigawa Musha Sanbukutsui (Guerriers dans la rivière Uji).

> Signée : *Ishikawa Toyonobu, fude.* Très bonne épreuve, un peu frottée.

19. — Format Nagaye.

Jeune fille tenant d'une main son samisen, de l'autre un livre de chants japonais (tokiwazu).

> Signée : *Myojodo Ishikawa Shuhan, yegaku (Toyonobu).* Cachet : *du même.* Très bonne estampe en excellent état.

TORII KIYOMITSU (1735-1785)

20. — Triptyque Hosoye. Beniye à tons roses et ocres.
Courtisanes et leurs kamuro, symbolisant les beautés des trois capitales :
Osaka, Kyoto et Yedo.

> Intitulée : *Sanbukutsui*. Signée : *Torii Kiyomitsu, yegaku*. Éditeur : *Matsumura, de Yedo*. Cachet de collection : *Wakai*. Bonnes épreuves en bon état.

21. — Format Hosoye. Beniye à tons roses et bleutés.
L'acteur Segawa Kikunojo dans le rôle de Okaru, drame du Chuchingura.

> Signée : *Torii Kiyomitsu, yegaku*. Éditeur : *Okumura*. Bonne épreuve, brunie.

TORII KIYOHIRO (1708-1766)

22. — Format Hosoye. Beniye à tons roses et verts.
Acteur en femme, à cheval, conduite par un homme à robe treillagée.

> Signée : *Torii Kiyohiro, fude*. Éditeur : *Maruko*. Bonne épreuve.

23. — Format grand Hosoye. Beniye.
L'acteur Bando Hikosaburo, dans un rôle de Samuraï.

> Signée : *Torii Kiyohiro*. Éditeur : *Nishimura*. Cachet de collection : *Hayashi*. Bon tirage : pièce assez rare.

24. — Format grand Hosoye. Beniye.
L'acteur Bando Kikosaburo tenant à la main une petite jardinière fleurie.

> Signée : *Torii Kiyohiro, yegaku*. Éditeur : *Matsumura*. Cachet de collection : *Hayashi*. Bonne épreuve, formant peut-être planche de triptyque avec la précédente.

25. — Format Hosoye. Beniye.
L'acteur Ichikawa Danjuro, sur une échelle, causant avec Nakamura Kiyosaburo, dans un rôle de femme.

> Signée : *Torii Kiyohiro, fude*. Bon tirage.

TORII KIYOMINE (1787-1868)

26. — Format Kakemonoye.
Combat de deux guerriers et d'un éléphant ?

> Signée : *Kiyomine, le Ve de la génération des Torii, d'après un dessin de Torii Kiyonobu, le fondateur de l'Ecole. Poésie de Yenma*. Éditeur : *Yennya*. Très bonne épreuve en bon état.

SUZUKI HARUNOBU (1703-1770)

27. — Format Hosoye.
Deux jeunes filles sous une verandah : l'une d'elles, debout, agace **avec**
un fragment d'étoffe un chien que sa compagne tient entre ses bras.
>Signée : *Harunobu, yegaku*. Bon tirage, épreuve frottée.

28. — Format Chuban.
Deux jeunes filles sous une vérandah : l'une d'elles accroupie se prépare
à faire de la musique.
>Signée : *Suzuki Harunobu, yegaku*. Épreuve très brunie.

29. — Format Chuban.
Jeune mère, sous la moustiquaire, allaitant son enfant : près d'eux une
servante vient d'allumer la lanterne d'appartement (ando).
>Signée : *Suzuki Harunobu, yegaku*. Assez bon tirage, gauffré,
>épreuve brunie.

30. — Format Chuban.
Jeune femme assise près de son tobakobon : sa kamuro va puiser de l'eau
dans une bouilloire à saké.
>Signée : *Harunobu, yegaku*. Très bonne épreuve, frottée.

31. — Format Chuban.
Deux jeunes filles se promenant au bord de la rizière : sur un tertre un
faisan doré vient se poser.
>Poème par *Chunagon Iyemochi*. Signée : *Haru*. Très bon tirage,
>frotté.

32. — Format Chuban.
Jeune femme élégamment vêtue, se promenant avec sa koshimoto, au
bord du ruisseau planté de jeunes pins.
>Poème par *Mibuno Tadamine*. Signée : *Suzuki Harunobu, yegaku*.
>Bonne épreuve, brunie.

33. — Format Chuban.
Jeune femme assise sur une banquette de cha-ya, fumant sa pipette et
cajolant sa kamuro.
>Signée : *Harunobu, yegaku*. Épreuve brunie, trous de vers.

34. — Format Chuban.
Jeune femme coiffée d'une mante noire, se promenant sur la grève, suivie
d'un petit serviteur portant une lanterne.
>Poème par *Kino Tomonori*. Signée : *Harunobu, yegaku*. **Très**
>bonne épreuve, mais usée.

35. — Format Chuban.
Jeune fille allumant sa pipette à celle d'un jeune noble qu'elle croise :
derrière eux un jeune serviteur.
>Signée : *Suzuki Harunobu, yegaku*. Assez bonne épreuve

36. — Format Chuban.

Couple devisant et fumant sur la banquette d'une chamise.

> Poème par *Fujiwara no Matsuke*. Signée : *Harunobu, yegaku*.
> Bonne épreuve, brunie.

37. — Format Chuban.

Deux jeunes filles dans un jardin, l'une d'elles coupant des chrysanthèmes pour garnir le vase que tient sa compagne.

> Signée : *Harunobu, yegaku*. Bonne épreuve, très brunie et tachée.

38. — Format Chuban.

Deux jeunes filles sur la terrasse d'une habitation donnant sur la baie,
regardant des porteurs d'eau salée.

> Signée : *Harunobu, yegaku*. Bonne épreuve, très brunie.

39. — Format Chuban.

Jeune homme jouant de la flûte près d'un paravent masquant un érable.

> Signée : *Suzuki Harunobu, yegaku*. Bonne épreuve, brunie.

40. — Format Chuban.

Un jeune homme, portant à la main un chapeau de paille en forme de
cloche et une flûte, passe devant une fenêtre grillagée derrière laquelle
deux jeunes filles l'admirent.

> Signée : *Harunobu, yegaku*. Cachet de collection : *Hayashi*. Bonne
> épreuve, brunie.

41. — Format Chuban.

Une shirabiyoshi est debout dans un bateau, son tambourin sous le
bras : elle contemple l'eau qui coule.

Représentation populaire de « Asazuma bune », qui est une allusion au
bateau où, en compagnie de sa maîtresse, le Shogun Ietsuna (1639-1680)
aimait à fuir les soucis du gouvernement.

> Non signée : A. P., p. 9, n° 72. Jolie épreuve, très brunie.

42. — Format Chuban.

Un jeune homme et une geisha assis sur le balcon d'un restaurant, près
du pont de Ryogoku, regardent la Sumida.

> Poème par *Gonchunagon Sadaiye*. Signée : *Suzuki Harunobu,
> yegaku*. Bonne épreuve brunie, mais tachée.

43. — Format Chuban.

Monju Bosatsu, figuré par la courtisane Yeguchi no Kimi, assise sur le
dos d'un éléphant (à peine visible, en gaufré).

> Signée : *Suzuki Harunobu, yegaku*. Bonne épreuve, frottée.

44. — Format Chuban.

Jeune femme sous la moustiquaire, aidant son amant à se dévêtir.

> Signée : *Suzuki Harunobu, yegaku*. Très bonne épreuve, mais
> brunie et tachée.

45. — Format Chuban.

Jeune femme cheminant par un jour de neige. Elle représente la sagi musume (la fille Héron) qui est l'âme de la neige. Au fond court un ruisselet. A droite, un saule, que l'on voit toujours avec le héron.

> Signée : *Harunobu, yegaku*. Bonne épreuve, brunie, en bon état.

46. — Format Chuban.

Ono no Tofu, un des trois calligraphes célèbres du Japon, représenté ici sous les traits d'une jeune femme qui, au bord d'un étang, observe les patientes tentatives que fait une grenouille pour atteindre, en sautant, à une branche de saule. Allusion à un épisode connu de la vie de Ono no Tofu qui vivait au x⁰ s. Après de vaines tentatives pour obtenir un rang plus élevé, il songeait à se retirer quand il vit le spectacle imagé par l'estampe. Une grenouille se reprenant à sept fois pour atteindre le but qu'elle se proposait.

Encouragé par cet exemple que les dieux lui offraient, il persévéra et obtint le poste qu'il briguait. Il devint plus tard ministre des empereurs Shujaku et Murakami.

> Non signée : (*Harunobu*). Bonne épreuve brunie et frottée.

47. — Format Chuban.

Jeune femme, la robe retroussée, lavant une pièce de linge, à la rivière.

> Non signée, mais *Harunobu*. Belle épreuve, gaufrée, à tons très
> doux.

48. — Format Chuban.

Couple sur une terrasse.

> Non signée, mais *Harunobu*.

49. — Format Chuban.

Deux jeunes femmes et une petite servante sur la banquette d'une chaya ; elles fument leurs pipettes.

> Poème par *In Mikei*. Signée : *Harunobu, yegaku*. Tirage posté-
> rieur, épreuve brunie.

50. — Format Chuban.

Deux jeunes gens pêchant au filet. Non signée.

> Tirage Hayashi.

51. — Format Chuban. Peinture sur soie.

Un jeune homme passe devant une maison, jouant de la flûte : cependant une jeune fille, sous la véranda, l'accompagne sur son koto.

> Signée : *Harunobu, yegaku*.

ISODA KORIUSAI (vers 1760-1780)

52. — Format Hashirakake.

Deux jeunes filles dansant la danse manzai, un jour de nouvel an : l'une d'elles, coiffée d'un eboshi, tient un éventail orné d'une grue volant devant le soleil.

> Signée : *Koriusai, zu*. Cachet de collection : *Wakai oyaji*. Bonne
> épreuve en bon état.

53. — Format Hashirakake.

La courtisane Hanoagi, de l'Ogiya, se promenant, accompagnée de sa kamuro.

> Signée : *Koriusai, yegaku.* Éditeur : *Yeijudo.* Bonne épreuve en bon état.

54. — Format Hashirakake. Transposition comique de la scène de l'espion du Chuchingura.

Sur le balcon la femme jalouse lit dans une glace à main la lettre d'amour que dévore son époux debout sur la terrasse : l'espion est figuré ici par un gros crapaud.

> Signée : *Koruisai, yegaku.* Cachet de collection : *Hayashi.* Très bonne épreuve.

55. — Format Hashirakake.

Courtisane allant « à la fleur » *hana* (rendez-vous d'amour), suivie de sa shinzo.

> Signée : *Koruisai, yegaku.* Cachet de collection : *Hayashi.* Très bonne épreuve, brunie.

56. — Format Hashirakake.

La courtisane Shizukime, de la Tsutaya de Yedomachi Nichome, en promenade, suivie d'une kamuro.

> Signée : *Koriu, yegaku.* Éditeur : *Yeijudo.* Très belle épreuve en bon état.

57. — Format Hashirakake.

La courtisane Shirotaye, de la maison Okanaya, se promenant.

> Signée : *Koruisai, yegaku.* Très bonne épreuve.

58. — Format Hashirakake.

Deux jeunes femmes : l'une d'elles versant, à l'aide d'une cuillère de laque, de l'eau à sa compagne, qui se lave les mains.

> Signée : *Korui, yegaku.* Très bonne épreuve, brunie.

59. — Format Chuban.

Un couple d'amoureux se reposant sur la terrasse d'une chaya : une amie, amusée, les regarde.

> Signée : *Koriu, yegaku.* Bonne épreuve, partiellement oxydée.

60. — Format Chubau.

C'est l'aube. Le soleil paraît. Et toute une famille de grues s'ébat dans un étang fleuri d'iris blancs et violets.

> Non signée : (*Korinsai*). Bonne épreuve, très brunie.

KATSUKAWA SHUNSHO (1726-1792)

61. — Format Oban Hokoye.

Dans un cadre d'éventail, un saisissant portrait d'acteur, sans doute Otani Oniji.

> Signé : *Shunsho, yegaku.* Éditeur : *Iwatoya Genpachi.* Cachet de collection : *Hayashi.* Très bonne épreuve, brunie.

62. — Format Oban.

Les deux acteurs Araski Sangoro et Nakamura Nakazo, des sabres à la main, semblant se défier. Segawa Kikunojo, dans un rôle de femme, fait l'arbitre, un éventail à la main.

> Signée : *Shunsho, zu.* Cachet de collection : *Hayashi.* Bonne épreuve, un peu fatiguée.

63. — Format Oban.

Deux acteurs se promenant, l'un dans un rôle de femme.

> Signée : *Shunsho, yegaku.* Bonne épreuve.

KATSUKAWA SHUNYEI (1762-1819)

64. — Format Oban tateye.

Acteur en femme, vêtu d'un long kimono rose.

> Signée : *Shunyei, yegaku.* Éditeur : *Maruiwa.* Bonne estampe, frottée.

TORII KIYONAGA (1752-1815)

65. — Diptyque de format Oban.

Un jeune homme, qu'une courtisane et plusieurs geishas accompagnent, contemplant la vue de la baie de Shinagawa.

De la série Minami Juniko : les douze mois du Sud (sud signifie ici sud de Yedo : Shinagawa.

> Signée : *Kiyonaga, yegaku.* Très bon tirage, épreuves légèrement rognées. A. D., pl. 9, n° 57.

66. — Format Oban.

Des jeunes gens, deux geisha et deux nakaï, se rendant à une chaya.

Les personnages se détachent en couleurs claires sur le fond noir de l'estampe.

Planche de gauche du fameux diptyque de « La sortie nocturne ».

> Série : *Minami Juniko.* Signée : *Kiyonaga, yegaku.* Très beau tirage, épreuve brunie. A. D., pl. 10, n° 60.

67. — Format Chuban.

A Goten-Yama, dans une *chamise* (maison de thé), un jeune homme assis sur un banc se repose en fumant sa pipette, tandis que deux jeunes femmes s'empressent à le servir.

> Série : *Minami Juniko (Mars).* Signée : *Kiyonaga, yegaku.* Bon tirage, impression mal repérée.

68. — Format Oban.

Tout en s'entretenant avec une compagne et un jeune homme, une geisha accorde son instrument.

De la série : Toseï Yuri Bijin Awase (les Beautés actuelles des Yuri). Les yuri sont les quartiers comme le Yoshiwara et d'autres où vivent les femmes galantes.

Signée : *Kiyonaga, yegaku*. Bonne épreuve, très brunie.

69. — Format Oban.
Deux jeunes femmes et une fillette se promènent à Oji, endroit de Yedo célèbre pour ses érables.
De la série Toseï Yuri Bijin Awase.

Signée : *Kiyonaga, yegaku*. Jolie épreuve très fraîche.

70. — Format Oban.
Une geisha et sa servante s'entretenant avec une jeune danseuse.
Série : *Toseï Yuri Bijin Awase*.

Signée : *Kiyonaga, yegaku*. Très bonne épreuve, brunie. A. D. pl. 20, n⁰ 84.

71. — Format Chuban.
Deux geishas se promènent, suivies d'une jeune servante portant une branche fleurie.
Série : *Shiki Hakkei* (huit vues des quatre saisons).

Signée : *Kiyonaga, yegaku*. Publiée par *Yeijudo*. Bonne épreuve, légèrement brunie.]

72. — Format Oban.
Enfants s'amusant à accrocher dans une branche de bambou des poésies que leur écrit une jeune fille accroupie près d'eux. Fête des garçons, le mois d'août.

Série : *Kodakara Gosetsu Asobi* (jeux d'enfants pour les cinq festivals). Signée : *Kiyonaga, yegaku*. Bonne épreuve, légèrement fatiguée.

73. — Format Hosoye. Beniye (jaune et rouge).
L'acteur Ichikawa Komazo, dans le rôle de Hosokawa Katsumoto.

Signé : *Torii Kiyonaga, yegaku*. Publiée par *Shimaya*. Cachet de collection : *Hayashi*. Bonne épreuve, partiellement frottée.

74. — Format Hashirakake.
Jeune femme debout devant son miroir, contemplant l'effet que produit un nouvel obi.

Série : *Sanseki Kuwaka*. Signée : *Kiyonaga, yegaku*. Excellente épreuve, en bon état.

75. — Format Chuban.
Deux jeunes femmes se promenant, la tête couverte de mantes noires : derrière elles, une servante et un homme portant un carquois.

Série : *Furyu shikinotsuki mode*. Signée : *Kiyonaga, yegaku*. Bonne épreuve, très fraîche.

76. — Format Oban.
Dans une chaya de Shinagawa, deux jeunes hommes et leur suite habituelle de courtisanes et de geishas vont prendre des rafraîchissements (saka-mori).

Signée : *Kiyonaga, yegaku*. Bonne épreuve, partiellement oxydée.

77. — Triptyque Oban.

Toute une société de jeunes hommes et de geishas se divertissant dans des bateaux qui passent sous le pont de Riyogoku.

> Signée : *Kiyonaga, yegaku*. Bonne épreuve, mais oxydée et fatiguée.

78. — Format Oban.

Deux jeunes femmes s'abritant sous un parasol et suivies d'une servante interrompent leur promenade pour interpeller un porteur.

> Signée : *Kiyonaga, yegaku*. Bonne épreuve, très bien conservée.

79. — Triptyque Oban.

Minamoto no Ushiwakamaru (qui se nommait dans sa jeunesse Yoshitsune) rendant visite à sa maîtresse, Jorurihime. Pour signaler sa présence, il joue un air de flûte à la porte de la belle. Apparaissent alors des servantes qui vont l'introduire.

> Signée : *Kiyonaga, yegaku*. Publiée par *Yeijudo*. Très beau tirage, fatigué à la partie inférieure. A. D., pl. 26, nº 109.

80. — Diptyque Oban (deux planches d'un triptyque. (Manquerait l'estampe de gauche).

Des dames et des enfants se promenant à Asukayama, au temps de la floraison des cerisiers.

> Signée : *Kiyonaga, yegaku*. Très belle épreuve, fatiguée sur les côtés.

81. — Format Hashirakake.

Scène de l'espion du Chushingura (le drame des 47 Ronin). On voit au balcon la courtisane Okaru; sur la terrasse, lisant une lettre d'amour, Oishi Yoshio, et se cachant l'espion Kudayu.

> Signée : *Kiyonaga, yegaku*. Publiée par *Yeijudo*. Cachet de la collection : *Hayashi*. Bon tirage et bon état.

82. — Format Oban.

Deux jeunes femmes cheminant sur la rive de la Sumida, par un jour de neige. L'une d'elles porte une bouilloire à sake.

> Signée : *Kiyonaga, yegaku*. Très belle épreuve, trous de vers.

83. — Format Oban. Planche de triptyque.

Un jour de lessive dans une maison située près de la Sumida, en face d'un reliquaire bouddhique.

> Signée : *Kiyonaga, yegaku*. Bonne épreuve, frottée.

84. — Format Chuban.

Dans une chamise (maison de thé), deux jeunes femmes causent avec une de leurs compagnes qui part en promenade.

> Signée : *Kiyonaga, yegaku*. Très jolie épreuve, frottée et tachée.

85. — Format Oban.

Une jeune dame, appartenant à une famille de Samuraï, se promène accompagnée de sa *koshimoto* (première femme de chambre dont le service

consiste à être toujours auprès de sa maitresse), d'une *jochu* (servante de rang inférieur) et d'un *wakato* (jeune Samuraï qui sert de garde du corps.
Signée : *Kiyonaga, yegaku.* Sans doute de la série *Minami Juniko.*
Très bonne épreuve, fortement réparée à droite.

86. — Format Chuban (grande dimension).
Deux jeunes gens partent en promenade : ils portent à la main de larges chapeaux de paille (*sugegasa*).
Signée : *Kiyonaga, yegaku.* Très beau tirage avec gaufrage, bon état.

87. — Format Oban.
La première visite au temple. Juché sur les épaules d'un serviteur, une fillette, parée de ses plus beaux atours, se dirige vers le temple accompagnée de sa mère et de deux amies.
Série : *Fuzoku, Azuma no Nishiki* : brocards de l'Eet ou coutumes et manières des divers habitants de Yedo, illustrées par l'estampe. Signée : *Kiyonaga, yegaku.* Bonne épreuve, brunie.

88. — Format Oban.
Une jeune dame appartenant à une famille de Samuraï de haute classe, se promène, accompagnée de sa *koshimoto* donnant la main au petit Samuraï (*wakato*). Derrière eux, la *jochu* tenant le parasol, et une autre servante.
Série : *Fuzoku Azuma no Nishiki.* Signée : *Kiyonaga, yegaku.* Bonne épreuve, mais fatiguée.

89. — Format Oban.
Deux jeunes femmes dans une chamise : l'une d'elles, accroupie près d'une ando (lanterne d'appartement), regarde à terre son koto.
Signée : *Kiyonaga, yegaku.* Tres beau tirage, épreuve fatiguée et tachée.

90. — Format Chuban.
Cérémonie pour l'Exposition des sabres de Kuniyoshi et de Kunitsugu, pendant la fête du temple de Sanno, à Yedo.
Signée : *Kiyonaga.* Bon tirage, en bon état.

91. — Format Oban Yokoye. Seiro Niwaka Zukushu.
Scène comique d'un cortège princier figuré par des courtisanes.
Signée : *Kiyonaga.* Très bonne épreuve, en bon état.

92. — Format Oban Tateye.
Enfants jouant pour le festival : *Kodakara Gosetsu Asobi.*
Signée : *Kiyonaga.* Bonne épreuve, fatiguée.

IPPITSUSAI BUNCHO († 1796)

93. — Format Hosoye.
L'acteur Segawa Kikunojo dans le rôle de la jeune Matsukaze qui tient l'eboshi et le kariginu (coiffure et vêtement de cour) que lui a laissé en sou-

venir son amant, le noble Chunagon Yukihira. A ses pieds, tenant une
bannière décorée d'un cheval, un acteur en femme.

> Signée : *Ippitsusai Buncho, yegaku.* Cachet d'artiste : *Mori.* Très
> bonne épreuve.

94. — Format Hosoye.
Acteur en femme conduisant un bœuf noir.

> Signée : *Ippitsusai Buncho, yegaku.* Cachet d'artiste : *Mori.*
> Cachet de collection : *Hayashi.* Bonne épreuve.

95. — Format Hosoye.
Acteur portant un sceptre auquel pend un chapeau de paille, causant
avec une jeune femme dissimulée sous un chevalet.

> Signée : *Ippitsusai Buncho, yegaku.* Cachet d'artiste : *Mori.* Très
> bonne épreuve, tirage en bistre.

96. — Format Hosoye.
Jeune femme à coiffe blanche, se promenant sur une terrasse, abritée
par de jeunes pins.

> Signée : *Ippitsusai Buncho, yegaku.* Cachet d'artiste : *Mori.*
> Très bonne épreuve.

UTAGAWA TOYOHIRO (1773-1828)

97. — Format Oban Tateye.
Faucon sur le tronc d'un prunier en fleurs au soleil levant.

> Signée : *Toyohiro, yegaku.* Très bonne épreuve.

KITAO SHIGEMASA (1739-1819)

98. — Format grand Hosoye.
Deux jeunes femmes représentant Sagami (Tamagawa) et Settsu (Tamagawa).

> Série : *Ukiyo Mutamaya Daisan Sagami Settsu,* de la série des
> Tamagawa (n° 3). Signée : *Kitao Shigemasa, yegaku.* Éditeur :
> *Mori.* Cachet de collection : *Wakai.* Très belle estampe en bon
> état.

99. — Format Hosoye.
Jeune garçon costumé dansant pour les fêtes du premier jour de l'an.

> Signée : *Kitao Shigemasa, yegaku.* Bonne épreuve.

100. — Format Chuban.
Garçonnets jouant.

> Deux planches de la série : *Yatsushi Hakkei* (A, intitulée : *Bar-
> ques rentrant au port à Yabase.* B, *Coucher de soleil à Séta*).
> Signée : *Kitao Shigemasa, yegaku.* Bonne épreuve, brunie.

KITAO MASANOBU (1761-1816)

101. — Format Chuban.
Deux courtisanes en promenade.
> Série : *Geisha Irokurabe ;* beautés de geisha comparées (n° 3).
> Signée : *Kitao Masanobu, yegaku.* Assez bon tirage.

KITAO MASAYOSHI (1761-1824)

102. — Format Chuban.
Coqs et poules.
> Signée : *Kitao Masayoshi, yegaku.* Estampe en noir, provenant de
> la vente Taigny.

SHUNCHO (vers 1772-1800)

103. — Format Hashirakake.
Transposition de la scène de l'Espion du Chuchingura.
Un homme sur la terrasse cause avec une courtisane au balcon, cependant
qu'un espion les observe.
> Signée : *Shuncho, yegaku.* Bonne épreuve, très brunie.

104. — Format Chuban.
Trois jeunes femmes jouent avec un jeune garçon agenouillé au milieu
d'elles.
> Série : *Fuzoku Azuma no Nishiki,* brocards de l'Est. Signée : *Shun-*
> *cho, yegaku.* Éditeur : *Izumi-ichi.* Bonne épreuve, légèrement
> frottée.

105. — Format Oban Tateye.
La courtisane Chozan, de la Chojiya, accompagnée de shinzo et de
kamuro.
> Signée : *Yushido Shuncho, yegaku.* Bonne épreuve, fatiguée.

106. — Format Oban Tateye.
Courtisane et deux serviteurs, en promenade au bord des rizières.
> Signée : *Shuncho, yegaku.* Bonne épreuve, brunie et trouée.

107. — Format Chuban.
Courtisane et servante, en promenade.
> Série : *Yedo meisho Hakkei, les huit vues de Yédo :* celle-ci repré-
> sente : *Les érables au temple de Kai-anji.* Signée : *Shuncho*
> *yegaku.* Cachet de collection : *Hayashi.* Très bonne épreuve,
> pliée.

108. — Format Chuban.

Scène d'intérieur : couple jouant au gobang : une amie les regarde.

> Signée : *Shuncho, yegaku*. Éditeur : *Yeijudo*. Cachet de collection : *Hayashi*. Très bonne épreuve, en bon état.

109. — Format Chuban.

Très jolie estampe représentant trois jeunes femmes dans la neige, sous un large parasol, regardant un combat de coqs.

> Série : *Meisho Yukimi Sanseki*, trois sites par des soirs de neige. Celui-ci est Fugawa. Signée : *Shuncho, yegaku*. Cachets de collections : *Wakai* et *Hayashi*. Excellente estampe en bon état.

110. — Format Chuban.

Trois jeunes femmes prenant le frais par un soir d'été sur le bord d'une rivière.

> Signée : *Shuncho, yegaku*. Éditeur : *Tsutaya*. Cachet de collection : *Hayashi*. Très beau tirage, en bon état.

111. — Format Oban Tateye.

Planche de triptyque : Trois jeunes femmes sur une terrasse au bord du marais, lisant ou écrivant.

> Signée : *Shuncho, yegaku*. Éditeur : *Nishimura*. Bonne épreuve, frottée.

112. — Format Oban Tateye.

Planche de triptyque. Scène de rue.

> Non signée (*Shuncho*). Éditeur : *Tsuruya*. Bonne épreuve, doublée.

113. — Format Oban Tateye.

Planche de gauche d'un triptyque représentant un pique-nique de jeunes femmes dans une prairie, un jour d'automne.

> Signée : *Shuncho, yegaku*. Éditeur : *Wakasaya*. Épreuve très brunie, tachée.

114. — Format Oban Tateye.

Groupe de deux jeunes femmes et d'un serviteur sous un pin.

> Signée : *Shuncho, yegaku*. Éditeur : *Yeijudo*. Très belle épreuve, pliée.

115. — Format Oban Tateye.

Trois jeunes femmes se promènent dans un jardin fleuri de chrysanthèmes : l'une d'elles tient un chien dans ses bras.

> Signée : *Shuncho, yegaku*. Éditeur : *Yeisseudo*. Très bonne épreuve, frottée à la partie inférieure.

116. — Format Oban Tateye.

Courtisanes dans une chaya, s'apprêtant à faire de la musique.

> Signée : *Shuncho, yegaku*. Éditeur : *Yeijudo*. Très beau tirage, très frais.

117. — Format Oban Tateye.

Jeunes femmes folâtrant et ramassant de jeunes plantes printanières dans la cour du temple de Funadama Junisha, dont on aperçoit au premier plan le torii. Au fond, un étang.

> Signée : *Shuncho, yegaku.* Éditeur : *Fushimiya.* Très beau tirage, en excellent état.

118. — Format Oban Tateye.
Jolies femmes groupées au bord de la Sumida, près d'un embarcadère.

> Signée : *Shuncho, yegaku.* Éditeur : *Tsuruya.* Cachet de collection : *Hayashi.* Très belle épreuve, en bon état.

119. — Triptyque. Estampes tirées dans une gamme atténuée de gris, de verts et de violets.

Scène de Yoshiwara au jour du nouvel an. Devant une maison décorée de branches de sapins, se voient de gauche à droite : La courtisane Hinazuru (de la Chojiya) avec ses kamuro Kocho et Tsuruji; la courtisane Segawa (de la Matsubaya) avec ses kamuro Inaji et Yukari; la courtisane Kata-china (de l'Ogiya) avec ses kamuro Wakana et Kochu.

> Signée : *Shuncho, yegaku.* Éditeur : *Senichi.* Très bon tirage, trous de vers.

UTAMARO (1754-1806)

120. — Format Oban.
Deux jeunes filles, celle de droite représentant Kusuno ki Masashige, donnant un livre de stratégie à son fils Masatsura, avant la bataille de Mina-togawa.

> Signée : *Utamaro, fude.* Éditeur : *Tsuruya.* Cachet de collection : *Hayashi.* Très belle épreuve, en bon état.

121. — Format Oban.
Portrait en buste d'une jeune femme tenant un linge entre ses dents. Fond remicacé.

> Signée : *Utamaro, fude.* Éditeur : *Yamaguchi Tobei.* Très bonne épreuve.

122. — Format Oban.
Jeune femme, un garçonnet sur ses épaules, arrêtée par trois jeunes chiens, dont un qui mordille le bas de son kimono.

> Signée : *Utamaro, fude.* Éditeur : *Yamaguchi Tobei.* Daté : *Année du tigre?* Cachet de collection : *Hayashi.* Très jolie épreuve, en bon état.

123. — Format Oban.
Deux courtisanes en buste, l'une s'éventant, l'autre tenant une coupe en laque.

> Signée : *Utamaro, fude.* Éditeur : *Yamada.* Cachet de collection : *Hayashi.* Très belle épreuve, en bon état.

124. — Format Oban.
Une jeune femme mesure une étoffe dont elle veut confectionner un haori; son ami est debout, à ses côtés.

De la série *Fujin Tewaza Juniko,* douze différentes industries de

femmes. Signée : *Utamaro, fude.* Éditeur : *Wakasaya.* Bonne
épreuve, légèrement rognée.

125. — Format Oban.
Deux jeunes femmes, en buste, se disposant à écrire.
> Série : *Fujin Tewaza Juniko.* Signée : *Utamaro, fude.* Éditeur :
> *Wakasaya.* Bonne épreuve, frottée.

126. — Format Oban.
Une jeune maman s'est levée de son lit pour faire faire pipi à son bébé,
qui se frotte les yeux pleins de sommeil.
> Série : *Fuzoku Bijin Tokei,* les douze heures représentées par des
> femmes. (L'heure japonaise comptait deux fois 60 minutes).
> C'est ici l'heure du rat (2 h. du matin). Signée : *Utamaro, fude.*
> Éditeur : *Senichi.* A. D. pl. 80, n° 182. Très bonne épreuve, forte-
> ment brunie.

127. — Format Kakemonoye.
Courtisane en promenade, la nuit, accompagnée d'une servante portant
une lanterne.
> Série : *Tosei Bijin Sanyu,* trois beautés modernes. Signée : *Uta-
> maro, fude.* Éditeur : *Marumura.* Bonne épreuve, brunie et
> trouée.

128. — Format Oban, rouge et noir.
L'estampe de la « Sortie nocturne ». C'est l'évasion de Kamiya Jihei, un
marchand, et de sa maîtresse Koharu, une geisha.
> De la Série : *Jitsu Kurabe Iro no Minakami,* foi mutuelle, source
> d'amour. Signée : *Utamaro, fude.* Éditeur : *Yeijudo (Yamasei).*
> D. A. pl. 62 (en couleurs). Très belle estampe, abimée à hauteur
> des mains.

129. — Format Kakemonoye, bistre.
Par un soir d'été, un jeune homme et son amie vont respirer l'air frais sur
le bord de la Sumida. Le jeune homme porte sur ses épaules un garçonnet
qui est le frère de la jolie fille.
> De la Série : *Ukiyo San Seki,* trois incidents de la soirée. Signée :
> *Utamaro, fude.* Éditeur : *Marumura.* Bonne épreuve, brunie.

130. — Format Oban.
La planche de droite du triptyque de la chasse aux lucioles.
> Signée : *Utamaro, fude.* Éditeur : *Senichi.* Bonne estampe, légère-
> ment abimée à la marge inférieure.

131. — Format Oban.
Une courtisane vient de se lever et passe ses sandales : elle tient entre
les dents des serviettes en papier et à la main un brandon allumé.
> Série : *Seiro Juni Toki,* les douze heures du Seiro. Cette estampe
> représente l'heure du serpent (10 heures du matin). Signée :
> *Utamaro, fude.* Éditeur : *Tsutaya.* Très belle estampe, malheu-
> reusement frottée à la face.

132. — Format Chuban.

La courtisane Takigawa, de l'Ogiya, causant avec une compagne.
> Série : *Seiro Kinki-shoga.* Signée : *Utamaro, fude.* Éditeur : *Yamaguchi Tobei.* Très bonne estampe, brunie.

133. — Format Oban.

Portrait en buste d'une femme de classe inférieure, ajustant sa coiffure.
> Série : *Meisho Koshikake Hakkei.* Signée : *Utamaro, fude.* Éditeur : *Yezakiya.* Bonne épreuve, très brunie et trouée.

134. Format Oban.

Portrait de courtisane en kimono mauve, fond micacé postérieurement. L'estampe légèrement rognée à gauche ne laisse deviner que les noms de l'artiste et de l'éditeur.
> Signée : *Utamaro, fude.* Éditeur : *Tsutaya.* Très bon tirage.

135. — Format Oban.

Deux courtisanes regardant l'effet d'un vase fleuri qu'elles viennent de garnir.
> Série : *Furyu Shogeino Nishikiye.* Signée : *Utamaro.* Éditeur : *Yeijudo.* Bonne épreuve, fatiguée.

136. — Format Oban.

Trois jeunes femmes décorant de poésies des éventails.
> Série : *Furyu Shogeino Nishikiye.* Signée : *Utamaro, fude.* Éditeur : *Yeijudo.* Bonne épreuve, fatiguée.

137. — Format Oban.

Courtisane en buste, s'éventant.
> Série : *Tosei Fuzoku Gayoi,* modes actuelles (cette estampe représente celle des geisha). Signée : *Utamaro, fude.* Éditeur : *Moriji.* Bonne épreuve, mais fatiguée.

138. — Format Chuban.

Jeune femme en fauconnier, son oiseau sur le poing.
> Série : *Bigan Juniken,* les douze jolies faces (celle-ci marquée : Février). Signée : *Utamaro, fude.* Éditeur : *Yamada.* Bonne estampe, mais frottée.

139. — Format Chuban.

Jeune homme costumé en geisha et coiffé d'un chapeau de paille à fleurs, pour une mascarade.
> Série : *Bigan Juniken.* Signée : *Utamaro, fude.* Éditeur : *Yamada.* Bonne estampe, mais frottée.

140. — Format Oban.

Couple d'amoureux, Chubei et sa maîtresse Umegawa, s'abritant sous un parasol.
> Signée : *Utamaro, fude.* Bonne estampe, très frottée.

141. — Format Oban.

Yama uba assise, le peignoir entr'ouvert, joue avec Kintoki qui lui cache la figure d'un masque d'Okame.
> Signée : *Utamaro, fude.* Éditeur : *Yamaguchi.* Bonne estampe, très frottée.

142. — Format Oban.
Jeune mère se promenant avec son garçonnet qui joue avec deux petits chiens.

> Signée : *Utamaro, fude.* Éditeur : *Yamaguchi Tobei.* Bonne épreuve, très fatiguée.

143. — Format Hashirakake.
Courtisane en promenade.

> Signée : *Utamaro, fude.* Éditeur : *Matsubun.* Bonne épreuve, très brunie.

KITAGAWA TSUKIMARO (vers 1800)

144. — Format Chuban.
Héron sur le tronc d'un saule par un temps de neige.

> Signée : *Tsukimaro, fude.*

145. — Format Chuban.
Faucon sur le tronc d'un cerisier en fleurs.

> Signée : *Tsukimaro, fude.* Bonne épreuve, brunie.

KITAGAWA KIKUMARO (vers 1789-1829)

146. — Format Kakemonoye.
Couple d'amoureux, lui s'éventant.

> Signée : *Kikumaro, fude.* Épreuve brunie et tachée.

HOSODA YEISHI († 1829)

147. — Format Oban Tateye.
Courtisane accroupie près d'un tabouret orné de trésors (des Taka-ramono).

> Série : *Fukujin Takara awase.* Signée : *Yeishi, zu.* Éditeur : *Yeijudo.* Très belle épreuve aux tons très atténués.

148. — Format Oban Tateye.
La courtisane Shiratsuyu, de la maison Wakanaka, en promenade, suivie de shinzo et de kamuro.

> Signée : *Yeishi, yegaku.* Éditeur : *Yeijudo.* Bon tirage, mais épreuve fatiguée.

149. — Format Chuban.
Sur la terrasse d'une chaya, des jeunes femmes regardent une de leurs compagnes qui fleurit, pour une fête, un petit charriot.

> Signée : *Yeishi, yegaku.* Bon tirage, mais épreuve frottée.

150. — Format Oban Tateye.

Deux jeunes femmes poètes, en promenade, suivies d'un jeune garçon portant un parasol.

> Série : *Nanakomachi*, les sept Komachi. Signée : *Yeishi, yegaku.* Éditeur : *Izumi-ichi.* Impression en noir et jaune, épreuve fripée.

151. — Format Oban Tateye.

Planche de triptyque, montrant trois jeunes femmes, l'une apportant une coupe en laque.'

> Série : *Bijin sugata awase Naniwaya.* Signée : *Yeishi, yegaku.* Éditeur : *Yeijudo.* Bonne épreuve, état fatigué.

152. — Format Oban Tateye.

Courtisane assise devant sa tablette à écrire (kadai). Allusion à un poême de Kisen Hoshi.

> Série : *Furyu Ryaku Rokkasen*, six poètes en abrégé. Signée : *Yeishi, zu.* Éditeur : *Yeijudo.* Bonne épreuve, mais très fatiguée.

153. — Format Oban Tateye, à fond jaune.

Les courtisanes Hinazuru, Tokiwazu, Nishikido et Toyozumi, en promenade. Jolie impression verte et rose.

> Singée : *Yeishi, yegaku.* Éditeur : *Maruiwa.* Très beau tirage, deux traces de pliure.

154. — Format Oban Tateye, à fond jaune.

Des courtisanes et des servantes de la maison Tamaya de Yedomachi Icchome.

> Signée : *Yeishi, yegaku.* Bonne épreuve, en mauvais état.

155. — Format Tateye.

Un jeune homme se repose sur la terrasse d'une chaya et, tout en fumant sa pipette, cause avec deux courtisanes.

> Signée : *Yeishi, yegaku.* Éditeur : *Senichi.*

156. — Tiptyque Oban.

Six jeunes femmes en barque, sur la Sumida, hissant un large filet.

> Signée : *Yeishi, zu.* Éditeurs : *Yeijudo.* Bonnes épreuves, très brunies.

157. — Format Oban Tateye.

Planche de droite d'un triptyque du Prince Genji. Trois jeunes femmes groupées près d'une boîte à shamisen.

> Signée : *Yeishi, yegaku.* Éditeur : *Yeijudo.* Bonne épreuve, brunie.

158. — Format Oban Tateye.

Feuille de gauche d'un triptyque du Prince Genji, montrant trois femmes et un jeune garçon diversement occupés.

> Signée : *Yeishi, yegaku.* Éditeur : *Izumi-ichi.* Bonne épreuve, fatiguée.

159. — Format Oban Tateye.

La courtisane Nishikido de la Chojiya se promenant, accompagnée de deux kamuro, d'une shinzo et d'un petit garçon.

> Signée : *Yeishi, yegaku.* Éditeur : *Yeijudo.* Très bonne épreuve, partiellement oxydée et fripée.

160. — Format Oban Tateye.

La feuille de droite du triptyque du Prince Genji.

> Signée : *Yeishi, yegaku.* Très bonne épreuve, en noir et bistre.

161. — Format Oban Tateye, noir et bistre (rose).

Feuille de gauche d'un triptyque du Prince Genji. Un groupe de trois femmes se reposant dans la chaya Hana Yashiki, à Asakusa (Yedo). Par une baie ouverte, un paysage de rivière.

> Signée : *Yeishi yegaku.* Éditeur : *Izumi-ichi.* Très bonne épreuve, légèrement brunie.

162. — Format Oban Tateye, à fond jaune.

Un jeune homme se retourne sur le passage de deux jolies courtisanes.

> Signée : *Yeishi, yegaku.* Éditeur : *Yeijudo.* Bonne épreuve, mais fatiguée.

163. — Format Oban Tateye.

Planche centrale d'un triptyque sur fond jaune, représentant un jeune homme dans une chaya, servi par plusieurs geisha.

> Signée : *Yeishi, zu.* Éditeur : *Iwatoya.* Cachet de collection : *Hayashi.* Très belle épreuve, en excellent état.

164. — Format Oban Tateye.

La geisha Itsutomi, vêtue d'un long kimono vert uni, avec un obi rose à décor de plumes blanches. Elle tient à la main le plectre du shamisen qui est à ses pieds.

> De la Série : *Seïro geisha sen, geisha choisies du Yoshiwara.* Signée : *Yeishi, zu.* Éditeur : *Iwatoya.* Bonne épreuve, mais frottée et déchirée à la partie inférieure.

165. — Format Oban Tateye.

La courtisane Morokoshi, de l'Echizenya, vêtue d'un kimono noir sur transparent rouge, rêve, pinceau en main, au poème qu'elle va écrire.

> Série : *Seiro Bijin Itokkasen,* six poètes représentés par des courtisanes. Signée : *Yeishi, zu.* Éditeur : *Yeijudo.* Très bonne épreuve, brunie.

CHOKOSAI YEISHO (vers 1795)

166. — Format Oban. Kakuchu Bijinkurabe. Concours de belles femmes au Yoshiwara.

Courtisane en buste taquinant avec une baguette un poisson dans une bouteille de verre.

> Signée : *Yeisho, yegaku.* Très bonne épreuve, pliée et trouée.

YEIRI (vers 1800)

167. — Format Oban Tateye.
Planche faisant partie d'un pentaptyque représentant un cortège simulé
par des geisha.
> Signée : *Rekisentei Yeiri, fude.* Éditeur : *Yamakichi.*

ICHIRAKUSAI YEISUI (vers 1785)

168. — Format Oban Tateye.
Courtisane en buste passant la tête de dessous sa moustiquaire pour
regarder un écran sur lequel est imprimé un portrait.
> Série : *Bijin Gosekku,* cinq festivals pour femmes. Signée : *Ichi-
> rakusai Yeisui, yegaku.* Bonne épreuve, brunie et un peu fatiguée.

169. — Format Oban Tateye.
La courtisane Sominosuke, de Matsubaya, en buste : elle tient un écran
au travers duquel se devine son épaule.
> Signée : *Ichirakusai Yeisui, yegaku.* Très bon tirage, épreuve très
> fatiguée.

170. — Format Oban Tateye.
Courtisane présentant une tasse sur un présentoir de laque, à un jeune
homme debout à ses côtés.
> Série : *Bijin awase Joruri Kagami.* Signée : *Yeisui, yegaku.* Bonne
> épreuve, très brunie.

YEISHOSAI CHOKI (vers 1780-1805)

171. — Format Oban Tateye.
La geisha Osasa de la maison Oriya et la servante Haru de la maison
Harimaya.
> Signée : *Choki, yegaku.* Éditeur : *Tsutaya.* Le fond a été remicacé.
> Bonne épreuve, légèrement brunie.

KUBO SHUNMAN (vers 1780-1800)

172. — Format Oban Tateye.
Planche de droite du triptyque des six Tamagawa.
Jeunes femmes cueillant des branches de yamabuki.
> Signée : *Shunman, yegaku.* Cachet : *Shunman.* Très bonne épreuve.

KATSUSKIKA HOKUSAI (1760-1849)

173. — Format Oban Yokoye.
Série *Fugaku Sanju Rokkei*. Les 36 vues du mont Fuji (1823-1829).
Inume toge Kai-Koshu. Le Fuji vu de Inumetoge (province de Kaï).
> Signée : *Saki no Hokusai I-itsu, fude.* A. D., pl. 77, nº 254. Bon
> tirage, épreuve brunie.

174. — Format Oban Yokoye.
Shimo Meguro. Le Fuji, vu de Shimo Meguro (Goncourt donne : Meguro
inférieur, à Yedo).
> Signée : *Saki no Hokusai I-itsu, fude.* Bonne épreuve brunie,
> mais tachée. A. D., pl. 82, nº 273.

175. — Format Oban Yokoye.
Soshu Umesawa. Le Fuji vu de Umesawa, province de Sagami.
> Signée : *Saki no Hokusai I-itsu, fude.* A. D., pl. 80, nº 267. Bonne
> épreuve, trous de vers.

176. — Format Oban Ookoye.
Tsuneshu Ushibori. Le Fuji vu d'un bateau à Ushibori (province de
Hitachi).
> Signée : *Saki no Hokusai I-itsu, fude.* A. D., pl. 76, nº 250. Bonne
> épreuve en bon état.

177. — Format Oban Yokoye.
Ryogoku bashi. Le Fuji vu de la Sumida, près de Mimmaiagashi et du
pont de Ryogoku.
> Signée : *Saki no Hokusai I-itsu, fude,* A. D., pl. 84, nº 283. Bonne
> épreuve, bien conservée.

178. — Format Oban Yukoye.
Sunshu Ejiri. Le Fuji vu-de Yejiri (province de Suruga).
> Signée : *Saki no Hokusai I-itsu, fude.* Éditeur : *Yeijudo.* A. D.,
> pl. 76, nº 237.

179. — Format Oban Yokoye.
Shinshu Suwako. Le Fuji vu du lac Suwa (province de Shinano).
> Signée : *Saki no Hokusai I-itsu, fude.* A. D., pl. 77, nº 251. Très
> belle épreuve, en bon état.

180. — Format Oban Yokoye.
Sen pu kai sei. Le Fuji par un temps beau.
> Signée : *Hokusai aratame I-itsu, fude.* Cachet de la collection :
> *Wakai.* A. D., pl. 75, nº 244. Très belle épreuve, brunie.

181. — Format Oban Yokoye.
Kajika-sawa Kai. Le Fuji vu de Kajika-sawa (province de Kai).
> Signée : *Saki no Hokusai I-itsu, fude.* Éditeur : *Yeijudo.* A. D.,
> pl. 81, nº 272. Bonne épreuve, pliée.

182. — Format Oban Yokoye.

Misaka Suimen. Le Fuji et son reflet dans l'eau, vus de Misaka (province de Kaï).

> Signée : *Saki no Hokusai I-itsu, fude.* A. D., pl. 78, n° 255. Bonne épreuve.

183. — Format Oban Yokoye.

Mikawa, Yatsubashi. Le Yatsu bashi (pont aux huit détours) qui traverse un cite célèbre pour la floraison des iris.

> Signée : *Saki no Hokusai I-itsu, fude.* A. D., pl. 85, n° 288. Bonne épreuve, en assez bon état.

184. — Format Oban Yokoye.

Série : *Shokoku Meikio Kiran.* Vues des ponts de diverses provinces (1827-1830).

Echizen, Fukiu bashi. Le pont Fukiu dans la province de Echizen.

> Signée : *Saki no Hokusai I-itsu, fude.* Bonne épreuve, très fraîche.

185. — Format Oban Tateye.

Série : *Shokoku Takimeguri,* voyage aux cascades célèbres dans les diverses provinces (vers 1827).

Soshu, Oyama, Roben no taki. La chute Roben (d'après le nom du fondateur du temple Todaiji) à Oyama, dans la province de Soshu.

> Signée : *Saki no Hokusai I-itsu, fude.* Éditeur : *Yeijudo.*

186. — Format Oban Yokoye.

Série : *Hyakunin Isshu, Uba ga Yeloki,* les cent poésies expliquées par la nourrice (vers 1839).

Une colline en bordure de la baie de Tago, dans la province de Suruga, vers laquelle se hâtent de nombreux personnages désireux de contempler le Fuji tout de neige vêtu.

Le poème illustré par cette estampe est de Yamabe no Nakaito.

> Signée : *Saki no Hokusai Manji* (Manji, surnom de Hokusai entre 1836 et 1849). Éditeur : *Yeijudo.* Bonne épreuve, légèrement froissée.

187. — Format Oban Yokoye.

La proue d'un grand bateau de plaisir, éclairé par des lanternes, et deux jonques ; au crépuscule d'une nuit sans lune.

Illustrant un poème de Kujowara no Fukayabu.

> Signée : *Saki no Hokusai Manji.* Éditeur : *Yeijudo* Très belle épreuve.

188. — Format Oban Yokoye.

Pêcheuses d'Awabi. Les unes plongent dans la mer pour chercher les coquillages collés aux roches du fond, les autres se reposent sur un promontoire.

Le poème illustré sur cette estampe est de Sangi Takamura.

> Signée : *Saki no Hokusai Manji.* Éditeur : *Yeijudo.* A. D. pl. 107, n° 347. Très belle épreuve, pliée en deux.

189. — Format Chuban.

Kwacho : Fleurs et oiseaux.

Serin se posant sur un massif de pivoines : le motif jaillissant en notes claires sur le fond bleu profond de l'estampe.

> Signée : *Saki no Hokusai I-itsu, fude*. Cachet de la collection : *Wakai*. Très belle épreuve, en parfait état.

190. — Format Oban Yokoye.
Paysage au bord de la rivière, illustrant la huitième scène de la série du Chushingura.

> Non signée : (*Hokusai*). Éditeur : *Idzumi-ichi*. Bonne épreuve.

191. — Surimono.
Corbeau volant.

> Signé : *Hokusai*. Très jolie épreuve, en bon état.

192. — Surimono en largeur.
Promenade dans la campagne.
Page de livre d'Hokusai.

KATSUSHIKA TAÏTO (vers 1816-1853)

193. — Format Oban Tateye.
Une carpe remontant le courant.

> Signée : *Katsushika Taïto* (1816-1820). Éditeur : *Echicho*. A. D., pl. 69 (en couleurs). Très belle épreuve, brunie.

HOKKEI (1780-1858)

194. — Format Hosoye Yokoye.
« Idzu Sengan toyu » : Vue du Fuji, derrière le pont transbordeur.

> Série : *Shokoku meisho*, sites célèbres des diverses provinces. Signée : *Kiko Hokkei, fude*. Très jolie épreuve.

195. — Format Hosoye Yokoye.
Vue des monts Sato, dans la province de Suruga, par un temps de neige.

> Série : *Shokoku meisho*. Signée : *Kiko Hokkei, fude*. Très belle épreuve.

196. — Format Hosoye Yokoye.
Série de *Shokoku meisho*.
Personnages en barque, au milieu des rochers, sur une mer houleuse.

> Non signée, mais attribuée à *Hokkei*. Bonne estampe.

GAKUTEI (vers 1820)

197. — Surimono sur fond jaune.
Les sept sages dans la forêt de bambous.

> Signée : *Gakutei*. Très bonne épreuve.

HOKUJU (vers 1800-1830)

198. — Format Oban Yokoye.
Vue de Hichirigahama, sur la route de Enoshima.
Signée : *Hokuju, yegaku*. Très bonne épreuve.

HOKUSU (vers 1810)

199. — Format Oban Tateye.
Courtisane en grande toilette.
Cette pièce est remarquable par le nombre de planches qu'a dû comporter son tirage et l'exactitude du repérage.
Signée : *Shunkosai Hokusu*. Cachet : *Hokushu*.

HIROSHIGE (1796-1858)

200. — Format Oban Yokoye.
Série du Tokaido. Tokaido Goju san Tsugi (55 planches).
Hodogaya, sur la route du Tokaido et le Shin Kame bashi (n° 5).
Signée : *Hiroshige, yegaku*. Éditeur : *Senkaku Do Hoyeido*. Bonne épreuve, brunie.

201. — Format Oban Yokoye.
Même série.
Numadzu, Ki Kure. Un beau clair de lune au bord de la rivière, à Numadzu. Un pèlerin passe, portant sur son dos un masque de grotesque (signe distinctif des pèlerins se rendant au reliquaire shintoïste de Kompira, dans l'île de Shikoku) (n° 2).
Signée : *Hiroshige, yegaku*. Éditeur : *Sen Kakudo, Hoyeido*. Très bonne épreuve.

202. — Format Oban Yokoye.
Même série (n° 16).
Vue de Kambara, Yoru no Yuki. Scène de neige.
Signée : *Hiroshige, yegaku*. Éditeur : *Kakuki, Takeuchi*. Très bonne épreuve.

203. — Format Oban Yokoye.
Même série (n° 47).
Vue de Kameyama, Yuki Hare. Le beau temps après la neige : des voyageurs s'efforcent d'atteindre un shiro sur une colline escarpée et glissante.
Signée : *Hiroshige, yegaku*. Cachet : *Hoyeido*. Éditeur : *Ki-Kaku, Takeuchi*. Très bonne épreuve, légèrement frottée.

204. — Format Oban Yokoye.
Même série (n° 46).
Shono, Haku-u. Pluie d'orage. Une des plus fameuses scènes de pluie : sur

l'ombrelle des caractères donnant le nom de l'éditeur Takeuchi Han, Goju san Tsugi.

> Signée : *Hiroshige, yegaku*. Cachet : *Hoyeido*. Très bonne épreuve.
> Une autre épreuve de la même estampe.

205. — Format Oban Yokoye.
Les cerisiers en fleurs à Gotenyama.
Série de Yeto Meisho.

> Signée : *Ichiryusai Hiroshige, yegaku*. Éditeur : *Sanoki*. Bonne épreuve, tachée.

206. — Format Oban Yokoye.
Même série.
Le pont Yeitai, au clair de lune : au loin, les barques à l'ancre.

> Signée : *Ichiryusai Hiroshige, yegaku*. Éditeur : *Sanoki*. Très bonne épreuve, en excellent état.

207. — Format Oban Yokoye.
Série de Kyoto Meisho (10 planches éditées par Kawaguchi ou par Yeisen-do).
L'orage à Tadashi. Les promeneurs surpris se réfugient dans les maisons de thé.

> Signée : *Hiroshige, yegaku*. Cachet : *Ichiryusai*. Bonne épreuve, brunie.

208. — Format Oban Yokoye.
Même série.
Le bac sur la Yodo Gawa.

> Signée : *Hiroshige, yegaku*. Cachet : *Yeisen-do*. Très belle épreuve.

209. — Format Oban Yokoke.
Série des soixante-neuf stations du Kisokaido (route intérieure entre Yedo et Kyoto).
La station de Oi (la 47e). Personnages et cavaliers dans la neige.

> Signée : *Hiroshige*. Cachet : *Ichiryusai*. Très bonne épreuve, en parfait état.

210. — Format Oban Yokoye.
Même série.
La station de Semba (la 32e). Scène de rivière au clair de lune.

> Signée : *Hiroshige*. Cachets : *Ichiryusai* et *Kinjudo* (éditeur). Très belle épreuve (un des premiers tirages).

211. — Format petit Nagaye.
Série de Toto Meisho (vues de Yedo).
Le clair de lune à Tsukudajima : les barques dans le port.

> Signée : *Hiroshige, yegaku*. Éditeur : *Matsubarado*. Très belle épreuve, légèrement fripée.

212. — Format petit Nagaye, 11 36 cm.
Deux planches de fleurs et oiseaux.

> Signées : *Hiroshige, fude*. Cachet : *Ichiryusai*. Très bons tirages.

213. — Format Chuban.
Deux hérons blancs dans un étang fleuri d'iris.

> Signée : *Hiroshige, fude.* Cachet : *Ichiryusai.* Jolie épreuve, très brunie.

214. — Format Oban Yokoye.
Vue de neige, de la série Yedo Meisho.

> Signée : *Hiroshige.* Bonne épreuve en bon état.

215. — Format Oban Tateye.
Promenade sous les arbres en fleurs. Yedo Meisho.

> Signée : *Hiroshige.* Bonne épreuve.

UTAGAWA TOYOKUNI (1769-1825)

216. — Format Oban Yokoye.
Les pêcheurs à Tamagawa. Sous la lune d'automne le paysage s'éclaire et le Fuji, tout de neige vêtu, émerge des nuages.

> Série : *Shokuku Meisho Hakkei* (huit vues célèbres de diverses provinces). Signée : *Toyokuni, fude.* Cachet d'artiste : *Utagawa.* Très bonne épreuve en excellent état.

217. — Format Oban Yokoye.
Le drame des quarante-sept Ronin. Les conjurés dans le palais de Kira.

> Signée : *Toyokuni, yegaku.* Éditeur : *Izumiya Ichibei.* Bonne épreuve.

218. — Format Oban Yokoye.
Un fort orage de nuit à Oyama.

> Série : *Shokoku Meisho Hakkei.* Signée : *Toyokuni, fude.* Cachet de l'artiste : *Utagawa.* Excellente épreuve, rare aujourd'hui.

219. — Format Oban Tateye.
Jeune femme venant avec une petite coupe en laque acheter du riz ou du mochi.

> Signée : *Toyokuni, yegaku.* Bonne épreuve, mais trous de vers.

220. — Format Oban Tateye.
Courtisane tenant d'une main un écran, de l'autre un *chadaï* de laque noir (présentoir) supportant une tasse en porcelaine.

> Série : *Furyu San bukutsui* (jolie série de trois). Signée : *Toyokuni, yegaku.* Éditeur : *Senichi.* Très bonne épreuve, brunie.

221. — Format Oban Tateye.
Trois jeunes femmes se promenant sous les cerisiers en fleurs, à Gotenyama.

> Signée : *Toyokuni, yegaku.* Éditeur : *Tsutaya.* Bonne estampe, brunie.

222. — Format Chuban.
Deux jeunes femmes sous un arbre en fleurs : l'une d'elles, accroupie, tient une table à thé.

Série : *Sugawara* (n° 3). Signée : *Toyokuni, yegaku*. Éditeur :
Senichi. Bonne estampe, fautes de repérage et trous de vers.

223. — Dyptyque Oban.
Un jeune homme, entouré de gracieuses jeunes femmes qui se promènent
à marée basse et ramassent des coquillages.
Les personnages se détachent en notes claires sur le fond noir de la grève.
Signée : *Toyokuni, yegaku*. Bonnes épreuves.

224. — Quatre planches d'un pentaptyque Oban.
De gracieuses courtisanes et des enfants se promènent au bord de la
Sumeda, le long des chaya. Coupant la rivière animée de nombreux bateaux,
le pont de Ryogoku.
Signée : *Utagawa Toyokuni, yegaku*. Éditeur : *Yeijudo*. Très bonne
épreuve, d'un tirage homogène.

225. — Triptyque Oban.
De gracieuses jeunes femmes, groupées dans un jardin, au bord d'une
petite rivière, jouent au kiokusi no yen. Ce jeu, chinois d'origine, consis-
tait à faire flotter de légères coupes à sake sur un petit cours d'eau le long
duquel les joueurs étaient assis. Il fallait composer et écrire un poème pendant le temps que mettait à flotter la coupe, entre le point initial et le joueur.
Signée : *Toyokuni, yegaku*. Très bonne épreuve, homogène.

226. — Triptyque Oban.
Le feu d'artifice sur la Sumida.
Signée : *Toyokuni, yegaku*. Très bonne épreuve, en excellent état.

UTAGAWA KOUNIYOSHI (1797-1861)

227. — Format Oban Yokoye.
L'attaque du Palais de Kira par les quarante-sept fidèles Ronin.
Chuchingura Juichi dammeyo uchi no zu.
Signée : *Ichiryusai Kuniyoshi, yegaku*. Très bonne épreuve.

228. — Format Oban Yokoye.
Épisode de la vie du grand-prêtre Nichiren. Cheminant dans la neige, à
Tsukahara, dans la province de Sano.
Série : *Kosogoichi dai Ryakuzu*. Signée : *Ichiryusai Kuniyoshi, jude*.
Éditeur : *Mori-ji*. Très bonne épreuve.

229. — Format Oban Yokoye.
L'arc-en-ciel dans la vallée. Suruga dai.
Signée : *Ichiryusai Kuniyoshi*. Très bon tirage, en parfait état.

UTAGAWA KUNIMARU (1786-1817)

230. — Surimono en largeur.
Jeunes femmes s'amusant à faire flotter sur un cours d'eau sinueux de
légères coupes à sake.
Signée : *Chokaro Kunimaru*. Bonne épreuve, mais très frottée.

231. — Surimono en largeur.

Jeunes femmes se promenant dans l'enceinte d'un temple près d'une construction couverte d'*ex-voto*.

  Attribuée à *Kunimaru*. Bonne épreuve, mais frottée.

RYUTEI SHIGEHARU (vers 1817)

232. — Format Oban Tateye.

Moso venant de déterrer des pousses de bambou.

  Série des vingt-quatre exemples de piété filiale *Nijushi Ko*. Signée : *Ryutei Shigeharu*. Bonne épreuve.

INCONNUS

233. — Format Oban Yokoye.

Dessin original représentant une oiran debout, tenant à la main une branche de chrysanthème à laquelle est attaché un tanzaku (poésie accrochée aux arbres).

  Non signée : peut-être *Kunissada*.

234. — Format Nagaye.

La courtisane Tokiwagi, de la maison Kodonaya, en promenade avec sa kamuro.

  Non signée. Cachet de collection . *Hayashi*. Très bonne épreuve.

235. — Format Oban Yokoye.

Trois jeunes femmes en barque sur la Sumida.

  Non signée, mais attribuée à *Sori*.

236. — Format Chuban Beniye.

Murasaki Shikibu au temple de Ishiyama. Très bonne épreuve non signée, traitée dans le style des primitifs.

237. — Format Hosoye Tanye.

Oiran, la robe décorée de papillons, debout un livre à la main.

  Non signée, peut-être *Massanobu*. Éditeur : *Komatsuga*. Très bonne épreuve, brunie.

238. — Format Hosoye Beniye.

Jeune femme sous une verandah, un livre à la main.

  Non signée, peut-être *Toyonobu*. Bonne épreuve.

239. — Format Hosoye.

Peinture représentant une bijin.

  Fin xviie-xviiie siècles.

240. — Peinture représentant deux kamuro en promenade.

  Fin xviie siècle.

Format Hosoye.
Peinture représentant une oiran, assise, la robe brune décorée de fleurettes bleues.
Fin xviie siècle.

241. — Format Oban Tateye.
Deux jeunes femmes en buste.
Non signée mais attribuée à *Choki*. Épreuve très brunie, laissant apparaître dans le fond des trous de mica.

242. — Format Oban Tateye.
Deux jeunes femmes, l'une debout tenant une cage, l'autre assise jouant de la flûte.
Non signée.

243. — Format Hosoye.
Jeune femme contemplant son ami étendu et assoupi.
Non signée.

244. — Format bande étroite.
Deux planches représentant l'une une grenouille sur une feuille aquatique, l'autre un oiseau sur un cerisier en fleurs au bord d'un ruissea..
Deux poèmes signés. Estampes non signées.

HIROSCHIGE

245-250. — *Yedo Meisho Hyakkei.* — Les cent vues fameuses de Yedo.
Quarante-huit planches.

251-252. — *Sumidagawa Hakkei.* — Les huit beaux sites de la rivière Sumida.
Deux planches.

253-254. — *Oridashi Yedo Shijuhakkei.* — Quarante-huit sites choisis à Yedo.
Deux planches.

255-236. — *Rokujuyoshu Meisho Zuye.* — Vues de plus de soixante provinces.
Quatre planches.

257-260. — *Gojusan tsugi Meisho Zuye.*
Quatorze planches.

261. — *Sogamonogatari Zuye.*
Trois planches.

262-263. — *Sohitsu Gojusan tsugi.* — Cinquante-trois stations, par deux peintres (en collaboration avec Toyokuni, pour les personnages).
Trois planches.

264-268. — *Chushingura.* — Drame des quarante-sept Ronin.
Cinq planches.

269. — *Yoshitsune Ichidai Zuye.* — Vie de Yoshitsune racontée par le dessin. Yoshitsune et le roi des Tengu.

270-271. — *Kisokaido Rokujuku tsugu no uchi* (parmi les soixante-neuf relais de la route du Kisokaido).
Deux planches.

272-280. — *Tokaido Gojusan tsugi no uchi.*
Vingt-trois planches, dont quelques-unes de beaux tirages.

281-285. — *Toto Meisho.* — Endroits célèbres de la capitale de l'Est : Yedo.
Douze planches.

286-288. — *Yedo Meisho.*
Six planches.

289-292. — *Kwacho.* — Fleurs et oiseaux.
Neuf planches.

293-297. — *Tokaido.*
Onze planches.

298-300. — *Naniwa Hyakkei.* — Cent sites de Naniwa.
Six planches.

301-302. — *Tokaido Gojusan tsugi.* — Cinquante-trois étapes du Tokaido.
Quatre planches.

303-320. — Une collection de trente et une planches de séries diverses, par *Hiroshige*.
    (Sera divisée).

321. — *Shunsho.* — Format Hosoye.
Cinq planches d'acteurs.

322. — *Shuncho.* — Format Oban.
Quatre planches diverses.

323-326. — Formats divers.
Dix planches signées *Koryusai*.

UTAMARO

327-335. — Trente-deux planches appartenant à diverses séries.
(Seront divisées).

TOYOKUNI

336. — Format Oban Tateye.
Le pont de Ryogoku, à Tokio, pendant le feu d'artifice.

337. — Format Oban Yokoye.
Couple d'acteurs, la femme portant un ample manteau noir.

338-339. — Format divers.
Sept planches variées.

340-341. — Format Oban Tateye.
Deux scènes du drame des quarante-sept Ronin.

342-350. — Un lot de planches, par *Kikumaro, Tsukimaro, Shikimaro.*
(Sera divisée).

KIKUKAWA YEIZAN

351-356. — Quatorze planches de sujets et de formats variés.

KASHSSAI SHUNSEN

357-358. — Six planches surimono, de sujets variés.

HOKUSAI

359-361. — Sept planches diverses du petit Tokaido.

ÉCOLE DES TORII

362-365. — Six hosoye d'acteurs.

HOKUSAI

366. — Grand format.
Deux mauzai s'amusant.

367. — Format Oban Tateye.
Deux planches variées : au bord de la mer.

368. — Curieux surimono, représentant une fantaisie sur les dieux du Bonheur.
Signée : *Toyokuni, Shunyei, Toyohiro, Settan et Seppo.*

KUNIYOSHI

369. — Format Oban Tateye.
Série des poésies des cent poètes célèbres. La poésie du bonze *Ryozen*.

370. — Format Kakemono.
Le guerrier célèbre Hachiro Tametome.
De la série *Shinßu Kurabe*.

DIVERS

371-380. — Un lot de planches diverses et de triptyques.
(Sera divisé).

381-390. — Un lot important de scènes d'acteurs par Toyokuni, Kunisada, etc.
(Sera divisé).

SURIMONO

391-405. — Un lot important de surimono variés, par Gakutei, Shuntei, Shinsai, Shishinsai, Hokkei, etc.
(Sera divisé).

FEUILLES D'ALBUM

406-415. — Un lot important de feuilles d'album.
(Sera divisé).

DIVERS

416. — *Hokujiu.* — Le temple au bord de la mer.

417. —   —   La traversée de la lagune.

418. —   —   La jonque dans la grande vague.

419. — *Utamaro.* — Grand format hauteur. — Courtisane debout, tenant une lanterne décorée d'une cigogne.

420. —   —   Fauconnier à cheval et deux serviteurs.

421. —   —   La foule sur le pont de Ryogoku regardant les bateaux de plaisir.

422. —   —   Jeune femme aidant son ami à passer un kimono noir.

423. *Utamaro.* — Daikoku en extase devant Benten jouant du samisen.

424. Courtisane buvant du saké.

425. Couple causant.

426. Personnage velu s'enfuyant devant une apparition.

427. Courtisane accroupie, fumant sa pipette.

428. Deux planches de scènes maternelles.

429. Yama-uba et Kintoki.

430. Jeune femme dans son kago, en vue d'Enoshima.

431. *Kikumaro.* — Deux jeunes femmes en buste.

432. *Hiroshige.* — Grand format hauteur. Paon et camélias.

433. Grand format largeur. — Porteurs de kago.

434. Grand format hauteur. — Promenade au Yoshi-wara.

435. Canards sous une branche fleurie.

436. Moineaux dans les clématites.

437. Grand format largeur. — Village sous la neige.

438. Carpe dans la vague.

439. *Kiyonaga.* — Feuilles d'album. — Scènes de guerriers.

440. Groupe d'enfants formés en cortège.

441. *Kiyonobu.* — Format Hosoye. — Jeune femme sortant d'une chaya.

442. *Koriusai.* — Nagaye. — Serviteur au kimono brique jouant avec une fillette.

443. Petit format carré. Deux singes près d'une cascade.

444. *Shunsho.* — Petit format carré. — Jeune tisseuse à son métier.

445. Couple d'acteurs devant un store.

446. *Shunko.* — Diptyque Hosoye. — Acteurs vêtus de kimono brun sous un arbre en fleurs.

447. *Shinsho.* — Format hauteur. — Deux courtisanes traversant le gué sur les épaules de solides gaillards.

448. *Choki.* — Grand format hauteur. — Un jeune homme et sa suite de geisha sur une terrasse fleurie.

449. *Shuncho.* — Format largeur. — Deux scènes burlesques.

450. — *Toyokuni*. — Format Hosoye. — Acteur en femme coiffé de trois torches.

451. — Grand format hauteur. — Trois acteurs près d'un porte-sabres.

452. — Courtisane jouant du koto.

453. — Petit format hauteur. — Quatre planches d'acteurs.

454. — *Hokusai*. — Série des trente-six vues. Le Fuji vu au-dessus du canal de Mitsui.

455. — Paysan conduisant des bœufs.

456. — La roue à eau.

457. — Série des ponts. Le pont mi-pierre mi-bois.

458. — Hachirakake. — Serviteur portant sur son dos une fillette richement vêtue.

459. — Format largeur. — Scène dans la rizière.

460. — L'étroite vallée.

461. — Maison de thé sur la hauteur.

462. — Colline dans le brouillard.

463. — Joueurs de Samisen.

464. — La mare aux canards.

465. — *Keisai*. — Petit format hauteur. — Oiseau sur une branche fleurie.

466-475. — *Divers*. — Un fort lot d'estampes diverses par Toyokuni, Kunissada, Keisen, Kuniyashi, etc. (Sera divisé).

476. — Un album de Surimono par Hokusai, Shinsai, etc.

477. — Un album illustrant des scènes du Genji Monogatari.

ÉTOFFES BRODÉES OU BROCHÉES

478-485. — Une collection de fragments d'étoffes japonaises et chinoises brodées ou brochées.

LIVRES ILLUSTRÉS

486. — *Yehon Asakayama*, par *Nishikawa Sukenobu*.
Daté : 4e année de Zenbun (1739).

487. — *Kimmo Zuye taisei.* — Livre pour l'éducation des enfants, par *Shimokawabe Shuisiu.*
>Daté : 1re année de Kwansei (1789).

488. — *Shoshoku Yekagami,* dessins pour tous les métiers, par *K. Kitao Massayoshi.*
>Daté : 6e année de Kwansei (1794).

489. — *Yehon Oshukubai,* par *Kosoken Tachibana Morikuni.*
>Daté : 5e année de Genbun (1740).

490. — *Hokusai Mangwa.* — Un volume en tirage ancien.

491. — *Ippitsu gwafu.* — Dessins d'un seul coup de pinceau.

492. — *Tansei Kinno.* — Livre de peintures.
>Daté : 3e année de Horeki (1753).

493. — *Isai Gwashiki,* par *Katsushika Isai.*
>Date de l'ère de Genji (1864).

494. — Une Mangwa d'Hokusai, complète en quinze volumes, de tirage récent.

495. — *Chiochi no Tsuto.* — Trésors de la marée basse.
>Dessinateur : *Kitagawa Utamaro.* Préfacier : *Akara Sugaye.* Yedo, chez *Tsutaya Jusabro.* Très bon tirage, ancien.

496. — *Kworin Hyakuzu.* — Cent dessins de Kworin.
>Daté : 9e année de Bunsei (1826).

497. — *Toto Saijiki.* — Événements de l'année à Yedo, par *Settan.*
>Daté : 9e année de Tempo (1838).

498. — *Makiye taizen.* — Dessins pour laqueurs.
>(Les volumes 3, 4 et 5).

499. — *Yehon Toto Asobi,* par *Hokusai.*
>Daté : 12e année de Kwansei (1800).

500. — Recueil de Surimono, par *Gakutei.*

LIVRES D'ART

501. — *The history of the Empire of Japan.*
>Chicago (1893).

502. — *Exhibition of Paintings of Hokusai.*
>Tokio (1901).

503. — *La Céramique japonaise.*
>Audsley et Bowes (1881).

504. — *La Céramique chinoise.*
>E. Grandidier (1894).

505. — *Catalogue de la Collection Suminokura.*
M. Bing (1907).

506. — *Catalogue de la Collection Gillot* (2 volumes).
S. Bing (1904).

507. — *Histoire de l'art du Japon.*
Commission impériale de 1900.

508. — *La Céramique chinoise*, par *Gorer*.
Ouvrage de luxe avec planches en couleurs.

509-516. — Numéros omis.

Imprimerie BERGER-LEVRAULT, Paris-Nancy.